시를 만나다

길을 가다

길을 가다 시를 만나다

2024년 12월 6일 제 1판 인쇄 발행

지 은 이 ㅣ 명산 효종 정병준
펴 낸 이 ㅣ 박종래
펴 낸 곳 ㅣ 도서출판 명성서림

등록번호 ㅣ 3012014013
주소 ㅣ 04625 서울시 중구 필동로6(2,3층)
대표전화 ㅣ 02)22772800
팩 스 ㅣ 02)22778945
이 메 일 ㅣ msprint8944@naver.com

값10,000원
ISBN 979-11-94200-47-5

길을 가다
시를 만나다

도서출판 명성서림

"길을 가다 시를 만나다"는 이렇게 탄생합니다
길을 가다 시를 만나는건 시인의 운명이지요
수행하는 이에게는 수행의 길이 있고
예술하는 이에게는 예술의 길이 있고
학문하는 이에게는 배움의 길이 있고
사업하는 이에게는 상도의 길이 있고
운동하는 이에게는 운동의 길이 있듯이
이 길을 어떻게 가느냐 하는 것이 이 시대의 화두가
되고 있습니다.
그렇게 길을 가는 것이 우리가 말하는 인생입니다.
하루 하루를 살아가면서 어떤 사람을 만나고 어떤 삶을
추구하며 생각을 만들어 가는 건 형형색색의 색을 가진
각자의 몫이겠지요.
그중에 시인은 길을 걸어가면서 앞에 놓인 길을 배경으로
시를 쓰지 않습니까.
어떤 형태의 시를 쓰던 흔들리지 않고 나를 돌아보고
나만의 색으로 시 세상을 그려나가는 삶을 시로 표현한다는
마음으로 시를 씁니다.

승려의 길을 가면서 시를 쓴다는 건 사치이며 번뇌 망상 피우는 일이라고 같은 길을 가는 이들의 진심 어린 충고도 있었지만 출가 이전부터 감성이 남다른 탓에 틈나는 대로 시를 쓰다보니 이렇게 등단하고 시집을 출간하고 문단 활동을 하는 시인이 되어 있네요.
누군가 시화전에 전시된 저의 시를 읽고 그랬습니다.
"시가 마음에 와 닿습니다."
그 한마디가 저의 이 길을 계속 걷게 하는 격려였습니다.그리고 대구의 원로 시인이신 도광의 시인님의 가르침에 따라 끊임없는 퇴고를 해왔습니다.

시를 씁니다

바람이 불면
여행을 생각하고

비가 내리면
차(茶)를 마시고

늦은 밤
그리움의 시를 씁니다...

기부에 동참해주세요.

라오스 국립대학교의 한국어과와 건축학과 대학생들에게

매년 20명에게 많지 않은 소액이지만 개인당 약 100달러의

장학금을 전달하고 시골에서 상경하여 열심히 공부하는

학생들과 소통하고 한국의 좋은 이미지를 심어 주고 옵니다.

지난 10년 동안 포교당 주지와 암자 주지 소임을 보면서

라오스를 방문하여 혼자 나름대로 공덕을 지었지만

이제는 주지가 아닌 노전소임을 맡아 보며 백중보시금만으로

혼자하는 기부 보시에 한계를 느낍니다.

소액이라도 장학금 전달하는 일에 **기부 동참** 해주시면

라오스 방문을 힘 닿는 순간까지 할 수 있으리라 생각 합니다.

교육기부에 동참 해주시면 최빈국인 라오스의 외지에서 온

대학생들에게 한학기 등록금의 희망을 줍니다.

1인당 100달러 학자금을 지원 합니다.

동참계좌 : 농협 302-0736-7848-21 정병준

1부 산사의 하루

2부 시인이라서

3부 여행하며 만난 시

1

산사의 하루

닮아가기

닮고 싶어
다가 가면
미소만 지으시고

닮고 싶어
법 그늘에 앉으면
알아차림 하라시네

산은 산이고
물은 물이라고
풍경소리 읊조릴 때

궁현당* 뜨락
푸른 파초잎
대적광전 바라보며 절을 하네.

* 궁현당 : 해인사 대적광전 아래 요사체

가위, 바위, 보

어디로 가지?
까마귀 한 쌍
앞산 넘어가고

산문 앞에
스님 둘

가위!
바위!
보!

정진

보금자리 찾아든
새처럼

법열 충만한
원각 도량

새벽 깨워
기도하는 염불삼매

매일 매일
그리움처럼 밀려드는

반야의 노래
때 늦은 발심

극락이 따로 없는
이때 이 시간

다 보여

달빛 밝은
창 없는 방에
가만 앉아
들숨 날숨 하다 보면
다 보여

緣

生死(생사)가 다른데
어쩌다
같은 배를 타고 가니

인연으로
만났다가
헤어지는 연극이라

인연이 필연이 되었다가
다음 생 기약하는
離緣(이연)이 되네

수행의 書

새벽을 열면
별이 보이는 날도
안개에 묻힌 날도
탑전으로 갑니다.

서로 다른 이들이
하나 되어 가는 安居(안거)
서로 다른 화두로
님을 닮아가는 수행의 시간

내가 가는 길은
돌아서 가는 길
시간이 흐르고 흘러서야
님의 품에 안길 수 있는 길

번뇌로 잠 못들고
풍경 우는 밤에도
탑전으로 갑니다
님이 거기에 계신 까닭입니다

까치집

동면에 든 은행나무 정수리
까치집 하나 동안거 결제 중
번뇌로 부는 바람에 밤새도록 울어서

행여 추락을 걱정해 보지만
여명에 비친 둥지는 삼매에 들어
조용히 중생계 아래 내려보고 있구나

눈이 내리는 날에

문을 나서면
그리움처럼
길 위로 내리는 눈
그리고
그 길을 가고 있는 발자국들
어디로 가는 걸까?
나는 님에게로 가려 하네…

툭!

새벽 법당 가는 길
툭!
도토리 한 알,
고개 들어 보니
참나무 가지 사이
별 하나 밝게 웃고 있다.

이 뭐꼬

이 뭐꼬?
알 수 없다
그래도 묻는다

이 뭐꼬?
까마귀 운다
깍!

이 뭐꼬
법당의 목탁소리
흔들린다

이 뭣꼬
안으로 묻는 소리
거듭 묻는다

무제

눈 감으면
이명처럼 요동치는 허공
전설에 전해오는
古佛의 향기 잡으려니
바람이 불고
버드나무 가지 흔들린다.

차 한잔 마시는 사이

밤 깊은 산그늘
산새가 운다

소쩍 소쩍
그래, 차 한잔해야겠어,

보글 보글
찻물 끓는 사이 생각나는 벗

쪼르륵
한잔 허공에 나누고
쪼르륵
또 한잔 먼데 있는 벗에게 나누고
쪼르륵
차향 더해 음미하는 茶神의 맛

밤 깊은 山房(산방)
詩香이 물결처럼 밀려온다.

필연

어쩌다
멈춘 걸음
님이 계신 곳이라서

어쩌다
마주친 눈빛
미소 띤 눈빛이어서

걸음 멈추고
내려놓은 마음
님은 아시지요

우연 아닌
이 필연
님은 아시지요

고려 팔만대장경

몽고의 침입으로 신음하던 이땅의 역사
호법구원 원력으로 새겼던 一字一拜의 佛心 으로
아귀 같은 정복자 물러가고

三災不侵 吉地 인연터 찾아
대장경 이운한 천리 길
지나는 고을마다 받든 불심 가야산을 찾았네

법보종찰 인연으로 천년 법통 세우시니
묵묵히 지켜 오신 고려팔만대장경
조계의 법맥 이어온 수행도량 되었네

수다라장 상서러운 기운이라
천년세월 지켜 올 수 있었던
自燈明 法燈明 꺼지지 않을 등불이다.

하안거

하안거 둘째 보름
새벽부터 내린 비
주절주절
법문하듯 처마 끝에 걸렸다

범종 소리
홍류동 계곡 울려 퍼져
산중 스님 다 모여
방장스님 법문 하시고

수좌스님 어깨너머
멀리 매화산
안개 품었다가 풀었다가
변화무쌍 펼치고

총림에 모여 앉은
선방 스님
풍경은 바람에 울고
맑은 눈빛 형형 타!

길을 묻다

바람이 묻는 말,
누구와 가시는가?

바람이 묻는 말,
언제 가시는가?

바람이 묻는 말,
어디로 가시는가?

바람이 묻는 말,
무엇 하러 가시는가?

바람이 묻는 말,
어떻게 가시는가?

바람이 묻는 말,
왜 그 길을 가시는가?

바람이 묻는 말에
잊었던 길 보았다.

고백

남국의 꿈을 품고
바다 향해 팔 벌린 야자수

마름*이 불어와
춤추게 할 때까지 기다렸나?

푸른 수평선에
걸쳐놓은 그리움은

빠알간 물감으로 그리는
황혼인가

다시 찾아올 날 기다려
고백하리라

* 마름 : 제주도에 부는 남풍

지금은

멀어진 거리만큼
외로움 커서
멀었던 시간만큼
그리움 쌓여서

붉게 물든 하늘 바라보다
사무치는 마음 넘쳐
내 안에서
내 안으로 소리쳐 부릅니다.

님이여
내 님이여

역마살

새벽기도 염불삼매
잠시라도 놓치면
어딜 그리 가는지 잡을 수 없는
내 안의 역마살
하루에도 열두 번

마음 밖
봄바람 불면
구름처럼 흐르는
길 없는 길
속절없이 가고픈 역마살

님이여

새벽 별처럼
빛이 되어
그리움 되신
님 앞에 서면
변함없이
미소 지으시는 자비

가을 찬미

매화봉 중천으로
구월 보름 낮달이 떴다.

숲길은
그늘조차 붉어

가을바람의 속삭임
"아는가, 황혼 빛 눈물 날리는 속내"

가을이 가면 겨울이 오고
오는 이 갈 길, 멀지 않음을

허공에 춤추는 낙엽이 하는 말
"환생을 위한 귀향이다."

2

시인이라서

작업

안개비 내리는가
詩한편 그려내는
뜨락에
뭉글 뭉글
스미는
그리움으로
가로등 깜박이는 고뇌하는 열두 시

0시 5분

들릴락 말락 다가오는
부엉이의
은밀한 비행,

고요의 밤바다
그 파도를 타고
심장으로 파고드는가?

자정의 침묵,
시의 바다를 유영하는
시인의 0시 5분.

뻐꾸기 울면

어제는
먼 산에서 울고

오늘은
앞산에서 운다

봄꽃이 질 때
뻐꾸기 노래하면

아쉬운 듯
계절은 가고

어떤 인연 가고
어떤 인연은 오고.

가을 국화

새벽이슬 머리에 이고
찾아온 꽃봉오리
어디서 왔길래
옹기종기 모여 있나?

개화를 기다리는
그리움
망부석처럼 앉았는데
향기로 안아주면

계절 기다려
환생하는
진하지도
화려 하지도 않은 군자의 香(향)으로

탁자 위에
선 고운 화병 하나
기다리는 그리움에
가을향기 성큼 다가 오겠네

고드름

하늘에서 왔을까?
땅에서 왔을까?
기다란 고드름
키 재기 하는 추녀 끝.

밤새
안으로 흘린 눈물
줄줄이 달려
비수 되었나?

잘 그린
겨울 풍경 속
낙하하는 고드름
심장으로 꽂히는 무한 질주.

꽃을 사랑하다

꽃은
향기로 사랑을 준다지요.

꽃은
아름다움으로 사랑을 받는다지요.

냄새를 잃은 나는
사랑 받을 수 없을까요?

사랑받지 못한다고
사랑 줄 수 없을까요?

꽃이 내게로 오면
향기보다 진한 사랑 피어요.

민들레의 꿈

언 땅 아래
질긴 뿌리
아지랑이 피기도 전에

뚫고 나온
민들레의 꿈은
솜털 같은 그리움

씨알 바람에 날려
다음 생, 온 들녘 주인 되어
들꽃세상 만들기

상사화

풀숲에
쑤~욱
얼굴 먼저 내민 꽃대

선홍빛 꽃 피우더니
중복 지나
꽃향기 지기도 전에

땅으로 누운
연민의 화신
상사화

꽃진 자리
전설처럼 돋는 푸른 잎새
그리움 얼마나 품었을까?

새벽에

부우 부우
부엉이는
달빛 밝아 울고

총 총
밝은 별
산노루 가는 길 비치면

산빛 짙은
숲
새벽 맞이 채비 중.

접시꽃

하늘 향해 뻗은 그리움
대지의 열기로
붉게 핀 꽃이었다가

단아한 한복 입고
그리움 품은 맵씨
연분홍으로 핀 꽃이었다가

그리움처럼
소박한 미소 지며
하얗게 피는 꽃이었다가

접시꽃,
칠월의 전설이 되기로
무한 사랑 받으며

여름의 길목에서
시련 견디고 서
그리움 피워내고 있네요.

우물

줄 없는 도르레
우물가에 걸려있고
깨진 두레박
회화나무 가지에 걸렸는데

하늘 담았던
깊은 우물
속을 비워
목마름 달랠 수 없다

장마비 내려
개울 넘쳐도
사라진 야산의
수맥 살릴 수 없어

회화나무 우물
퍼 올릴 물이 없어
품었던 이야기만
길어내는 유물이 되어야 하나

오뚜기

넘어져도
바로 일어나
미소 지으며
흔들 흔들

그 속에
내가 있고
그 속에
당신이 있어

힘든 세상
그리 살라고
흔들 흔들
춤추는 오뚜기

니
그거 아나?

불꽃

지평선으로 떨어지는
태양의 속살이
아름다운 건
내일을 향해 가기 때문이고

몸뚱아리 태우는
모닥불의 춤사위가
아름다운 건
환생하는 인연인 까닭이라

시인의 가슴이
아픔으로 타오르면
그 불꽃으로
詩(시)가 탄생하나니

고백2

어떤 인연
그리움으로 다가오고

우연이 만나
인연이 되고

조금씩
스며들어 그리움이 되었다고

고백하네
내게 시가 되었다고 고백하네

시가 내게로 와서

시가 꽃이 되면
나는 나비가 되고

시가 구름이 되면
나는 바람이 되고

시가 노을이 되면
나는 붉은 강을 흐르는 쪽배

시가 내게로 와서
사랑이 되고

사랑이 내게로 와서
시인이 되었어.

봄나들이

봄바람 불어
들녘으로 가거들랑

앳띤 얼굴 쑥부쟁이
속내 감춘 달래

얼싸 좋다
다 데려가지는 말고

강가에 머리 감는
버드나무 춤사위처럼

봄바람 타고
꽃이 되어 오시게.

봄이 오는 그림

解凍의 땅위로
내리는 햇살 뜨거워지면
겨울 내
맨 몸으로 버티던 나무들
三冬(삼동)의 추위 잊으려나

아지랑이 피는 들녘
연두색 옷으로 갈아입고
물오르는 버드나무 가지처럼
맨땅에 엎드린 봄의 전령
잠들었던 뿌리 환생하는 봄이다.

봄이 왔으면

동면하는 얼음 계곡
누가 와서 깨우는가?
수다처럼 흐르는 겨울 이야기

이제
사람들 마음에도
봄이 왔으면

불면 不眠

어젯밤 불면증,
그리운 이 생각 아니고
고단한 삶에 고뇌도 아니고
한밤의 고요를 흔드는 소리
이마로 날아들어
무심코 날아간 손바닥
붉은 선혈로 객사한 모기였다.

비상 飛上

날개 가진
꿈은

높이 나는 것인가?
생존을 위한 비행인가?

속을 비워야
더 높이 오를 수 있고

바람 타고 오르면
더 멀리 볼 수 있는 날개

날개 가진 것만
비상의 꿈을 꾸는 것이 아니다.

비와 시인

잔잔하게
때론 격하게
내리는 雷雨(뇌우)
불 켜진
시인의 방
시가 쌓인다.

산다는 것

하루
또 하루가 가고
절망과
희망이 교차하고
삶은
구름처럼 흘러가고
기억될 무엇이라도 남겨야
잘 살았다 하는가
맑은 하늘에
바람이 분다.

산안개

계곡 타고 오르며
춤추는 안개
그렸다
지웠다
변덕 같은 조화는
어떤 그리움 품었을까?

이 몸은
인생 품앗이
그렸다
지웠다
만드는 꿈
어떤 삶 되어갈까?

동행

해그름에
늘어진 두개의 그림자
붉은 해 품고
동행의 꿈 꾸는가?

황혼에 그리는
행복의 시간
누구라도 가질만한
꿈이지.

돌 하나 그리고 그리움

물가에서
모난 돌 하나
주머니에 담아 왔더니
날마다 들리는 파도 소리
쪽빛 그리움 생겼나 보다.

눈(雪)은

낮에 내리는 눈은
무녀의 춤사위로
휘날리는 옷자락 같아서
설레임이라 하고

밤에 내리는 눈은
어둠으로 내려와
무한으로 쌓이는 정 같아서
그리움이라 하고

새벽부터 내리는 눈은
설레임도
그리움도
잊은 듯 무아지경이다.

시를 만나는 날

꽃을 보면
거기에 시가 있고,

별을 보면
거기에 시가 있고,

새벽이 되면
거기에 시가 있고,

길거리로 나서면
거기에 시가 있어

내게로 와서
시가 되는 날

매일 같이
오늘이면 좋겠다

시인이다

달과 별의 축제 시간
잠들지 못해 시를 쓰고
하염없는 詩語의 파도 앞에서
심연의 시를 쓰고

길거리로 나서는 순교자 되어
노래하는 햇불로 시를 쓰고

시인이어서
슬퍼서 시를 쓰고

시인이어서
아파서 시를 쓰고

시인이 이어서
행복해서 시를 쓰고

그래서
시를 쓰는 시인이다

가뭄에 봄비

중국발 황사에 묻힌
숨 가쁜 사월
먼데 어느 산 아래는
풀뿌리까지 산불로 타고

속보에 맞든 아홉 시 뉴스
후두둑 후두둑
땅을 두드리는 봄비 소식
이제 편히 잠들겠다.

12월에 쓰는 편지

멈출 수 없어
이마에 주름살 패여야
알아 진다는 삶

12월의 마지막 날은
버리고 남기며
기억하자

미완성의 인생 일기
채워가려면
때론 아프고 때론 희열하고

어둠이 내리면

가야산에 어둠이 내리면
빛나는 별빛 아래
깊은 명상에 들고

달구벌에 어둠이 내리면
별처럼 빛나는 보금자리
일상에 지친 사람들 찾아들고

메콩강에 어둠이 내리면
황혼에 물드는 강변
여행하는 사람들 모여들고

밤하늘은
어머니의 품 같아서
慈悲한 사랑을 아낌없이 주고.

유월의 시

경인년
유월 하늘
절망의 늪에 빠진
분단의 조국
전쟁의 환란으로 향했던
청춘 바친 학도병

청춘의 꽃들 지고
지금 이 산천
푸른 옷 입고 있지 않는가
애국의 희생으로 이룬
햇살에 빛나는 유월
이유 있는 평화로운 아침이다.

花史別墅(화사별서)

智異山 형제봉
악양 花峰 아래
첫매화 피는 양택
천년지지 별서 고택
피할수 없는 戰亂으로
사랑채 소실되어
손님 또한 끊겼었네.

장닭이 울면
평사리 너른 들에 새벽이 오고
와편만 남은 집터
어느 후손 원력으로
재실이 들어서면
연못에 백일홍 피듯
화사별서 고택에 봄날 오리라.

* 박경리 소설 "토지"에 모티브가 된 인물과 역사가 숨쉬는 곳
  평양 조씨 고택입니다. 최참판 댁은 가상의 공간입니다.

청라언덕에서

기미년 청라언덕 골목으로
남녀노소 모여서
독립선언 고하고 부르짖던 함성
붙잡혀 당하던 모진 고문에도
꺾이지 않고 외치던 만세운동

삼월의 바람이 실어 온
자랑스러운 깃발의 역사
망국의 설움으로
외치던 애국심 닮고파서
1919년을 상기하며 언덕길 오르네

해방된 나라,
청라언덕 가는 길
독립운동 불꽃 치켜들던
열사들의 등대는
이제 빛나는 달구벌의 전설 되었다.

서울대병원 91병동에서

나는 몰랐다.
히포크라테스 동상의 의미

병원 언덕길 오르면서
오고 가는 사람들의 얼굴에서
저마다 가진 상처를 보았고

치유의 인연을 찾아
그렇게 찾아든 병실에서
생의 희망을 부여잡는 환자가 되었다

그리고 알았다
91병동의 아름다운 천사들의 미소

서울대병원 인생 교차로에서

인생 교차로에 섰다.
우선멈춤 무시하고
달리던 길
신호등은 빨간불,
서울 종로구 이화동 101번지
신호위반 딱지라고
조기위암 진단 받아 들고
수술은 정오 두 시
첫 만남에 눈부신 아우라
잘 생긴 정박사님
믿음 가는 완치 소견
필연 같은 인연으로
기다리는
신호등은 노란불
창밖으로 새벽이 오고
저마다 기다리는
서울대병원 인생 교차로
파란 신호 대기 중.

3

여행하며 만난 시

여행이야기

여행은 연극무대 공연이 끝날때면
이야기 보따리 차곡차곡 쌓아보지만
아침에 흔적도 없이 깨어나는 꿈이다

첫째 날, 바닷가에서

꿈 깨운
빗소리
문 열어보니
내 살던 세상 아니었네.

가만히 앉아
눈 감고 음미하는 동안
어둠을 희석하는
어스름 하늘 틈새

여명으로 물드는 풍경과
잔잔한 파도 소리가
허기처럼 밀려오는
남국의 아침

유적 (앙코르 왓)

들리는가?
사원의 긴 회랑에서 스며 나와
득달같이 달려드는 소리 없는 신음 소리

무너진 유물이야
세월 속에 묻히지만
뜨고 지는 태양은 변함없으니

흘러간 시간이여
되돌릴 수 없는 꿈의 자취
어디에다 묻었는가?

사자여
잘린 모가지 어디 두고
전설이 출렁이는 호수 향해 망부석이 되었나?

애달프다.
영광의 시절
정녕 돌릴 수 없단 말인가?

빈탄 앙사나 해변에서

수평선 붉게 물드는
앙사나 해변,
끊임없이 밀려오는
파도의 노래 들으며
야자수 아래 모래톱에
짧게 새긴 추억 묻는다

다시 온다고
손가락 걸고 쓰는
모래위의 서약,
파도에 묻혀 사라져도
앙사나 푸른 물빛
잊지 않고 반겨 주겠지.

다낭 해변에서

파도 소리에 깨어
밤새 속삭이던 밀어 찾아
모래 고운 해변을 걷는다

낯선 이방인이 되어
바다에서 밀려드는
해조음 들으며 눈을 감고

누군가
알몸 되어
소리 지르고

내가
거기 파도에
몸을 던지고

전설이나
뼈아픈 역사 제쳐두고
한 그루 야자수가 되고 싶다.

* 다낭은 베트남 중부 해변 휴양지로 베트남전쟁 당시
전투가 치열하여 많은 군인들이 죽어간 해변마을 이었다.

꽝시폭포

밀림 속에 감춘 속살
하나씩 벗겨가며
폭포의 아름다운 풍경 속으로
풍덩 빠져보자

천년을 거슬러 오르며
신선놀음이라도 해야
옥색 물빛
가슴에 담아 갈까?

유혹인가?
진한 춤사위로
물안개
옷깃 풀어 헤친다.

라오스 단상

길을 달리자면
눈에 익은 듯 스쳐 지나는
내 살던 곳
오십 년 전 풍경 속에
손 흔드는
눈빛 맑은 아이들
가난하지만
가난 하지 않는
행복해 보여
행복한 사람들이 사는 땅
어쩌면 그리워
다시 찾지 않겠나.

루앙프라방을 떠나며

첫닭이 울면
새벽안개 속에
맨발의 수행자들이 탁발 나서고
태양이 대지를 달구는
황토길 먼지 속으로 걸어온 여행자들이
낯선 땅에서 쉬어갈 곳을 찾는다.
떠나는 자와 남는 자가
윤회하듯 공존하는 이 땅
감동이 메아리쳐
가슴에 남는 추억 조각들
언젠가 돌아갈 일상에
하나의 의미가 되겠지.

푸쉬산의 일몰

메콩강이 품은 古都(고도)
루앙프라방
한낮의 들뜬 발길들이
휴식하는 시간이다.
황혼에 물드는 여행자들의 꿈
어떤 이는 추억 담고
어떤 이는 사랑을 품고
작별을 고하는 붉은 미소에 빠져
오르가즘을 향하는 기다림
푸쉬산 정상에 서서
가슴에 담는 태양이 마냥 뜨겁다.

메콩강 사랑

축제는 끝났는가?
낙조의 물빛에 젖어
탐미하는 시간
추억하나 만들고

이별은
어김없이 찾아오고
그리움의 눈물은
강물처럼 흐르겠지

아이들의
맑은 눈빛
그 미소 그리워
메콩강 다시 찾아오리라

메콩강 인연

메콩강에서 만났다
붉은 태양 닮은 꽃

바람처럼 와서
인연이라 말한다

어떤 꿈을 꾸는가
깊은 눈빛

어느 때 만난 인연이기에
향기 진한 꽃으로 피었는가?

석양빛 서풍은 불고
메콩강은 말없이 흐른다.

메콩강에서

대지의 열정 식히려는가?
어미의 젖줄이 붉다.
메콩강을 달리는
도로의 흙먼지조차
가릴 수 없는 파노라마여!
다시 또 이 자리에 서면
내게 보여 주겠는가?
가던 길 잠시 멈추고
소박한 미소에 빠지고 싶은
나그네의 길은 아직 멀다.

콘파펭 폭포에서

인도차이나 깊은 밀림
골짜기마다 사연 품은
어머니의 강
묵언 수행하듯
대지의 숨결 따라 흐르다가
이제 시판돈*에 와서 노래하는가
아! 첫 만남이여
장엄하고 아름다운 노랫소리
물안개로 마음 씻는다

* 시판 - 4,000
* 돈 - 섬

돈뎃섬 강가에서

바람 타고 흐르는 새벽안개
사천(돈 뎃)개의 섬을 품을 때

숫닭이 날개짓 하면
깨어나는, 강 건너 작은 섬 닭들의 영토

작은 배의 심장 소리 스쳐 갈 때
붉은 여명에 물드는 메콩강

리조트 난간에 걸터앉은,
바람개비 노래하는 새벽

길고 긴 메콩강 흘러와
멈추는 시간 거기 내가 서 있네

세느강은 흐르고

세느강은 흐르고
나는 돌아가야 하네
파리의 밤은
오늘 내게로 왔지만
떠나야 하는 안타까움
이에나 다리 위에
마음을 남겨두고 떠나야 하네

황혼이 물든 다리 위에는
사랑에 빠진 연인들
사람은 떠나지만
사랑은 이루어지는
마법같은
강바람의 노래는 흐르고
훗날 세느강의 추억 기약하네.

유럽을 향하여

시계바늘은 자정
시간 거꾸로 가는 하늘길
비행기 날개 위에
등대처럼 별이 빛난다
천상의 잠자리
몇번이나 깨고서야
오아시스처럼 들리는
파일럿의 안내방송
새벽빛에 깨어나는
熱沙(열사)의 카다르
도하를 내려본다.

그리움 (카타르 도하에서)

내가 님을 떠난다해도
님은 저를 떠나지 아니하기에
어쩌다
멀리 떠나온
허락받지 않은 외도
떠난 날보다 더 짙은
그리움은 진통처럼 퍼져서
고향의 땅
언덕에 선 망부석처럼
이 낯선 길 위에서
님을 향한 그리움 쌓아가지요.

집시 되어 (헝가리 부다페스트에서)

구름이 되었다가
집시도 되었다가
백발의 알프스 바라보며
만년설 녹아 흐르는
도나우강 강변에서 듣는
잊혀가는 전설

한때는
말발굽 소리 요란했던
영웅들의 야망,
쓰러져간 영혼들
주인 없는 옛 성을 지키는가?
홀로 펄럭이는 낡은 깃발

강을
거슬러 오르는
꿈같은 길
찬란했던 왕조의 흔적
언덕마다 그림처럼 남아
나그네 맞이하네.

다뉴브강에서

다뉴브강은 어디서부터 흐르는가?
왕궁의 언덕에 뜬 달이여
바람의 노래 불러라
황금빛 조명 위로
황혼부터 어둠이 깔릴 때
말없이 지켜 보던 칠백의 전란
운 좋은 나그네
다뉴브의 달을 만나
강바람이 들려주는 영웅 이야기
가슴에 담는다

프라하의 봄

아름다운 블타바강 언덕
사라진 왕조의 프라하성은
화려한 조명에 빛나고
보헤미아 왕국의 영웅담은
박물관에 전시되어
체코 청년들의 꿈이 되고

자유를 외치며
몸을 불사르고
탱크앞에 쓰러진 청년의 꿈,
바츨라프광장 횃불로 메워
벨벳혁명의 도화선으로
프라하의 봄을 맞았으리라

역마살 도져
체코의 옛 성이 생각나고
언덕에
사월의 꽃이 피면
다시 찾아오리라
프라하의 봄으로

고백

고백해 보았는가?
순백의 내면
님을 향한 마음
파도처럼 밀려들지 않고서야
새벽처럼 사랑은 오지 않으리

그리움 (제주도)

산으로 돌아와
하루가 지났다

비를 동행한
짙은 안개 사라지고

부엉이 운다
어찌 내 마음 같은지...

구슬프게
잊을만 하면 또 울고

그리워
나즉히 읊조리는 이름

제.
주.
도.

수채화

금빛물결 춤추는
청보리밭 언덕
사월의 꽃잎 날리는
막 그린
수채화 속에
사람이 서 있다
다시 찾아온 인연처럼.

봄이 오면

아지랑이 춤추는
남쪽바다 제주도에
현무암 바위틈에
해풍의 시련 겪고 피는
海菊(해국)보러 갈란다.

갯바위에 걸터앉아
보석처럼 맑은
바다의 노래 들으며
海菊(해국)의 生(생)
시 한편 쓰고 싶어

파도의 노래

혼자 찾아간
바닷가에서
파도의 노래 듣노라면

관객은 한사람
점점 빠르게 또는 점점 느리게
부서지는 포말은 이중주

사랑 아니어도
마음 닿는 대로 빠져드는
하염없이 들리는 심연의 노래

한림항 등대

여명보다
황혼이 아름다운 한림항
물빛 고운 뚝방 길

해풍 버티고 서서
깜박 깜박
기다리는 하얀 등대

불 밝혀 수평선 넘나드는
새벽이 되면
만선의 깃발 돌아오고

지친 어선
심장같은 불빛으로 품는
등대의 戀書(연서)

비양도

갈튀름* 불어
바다가 뒤집힐 때
섬 하나 떠내려 오다
멈춘 자리 막내오름 되었나

제주 바당에서 솟아
물빛 고운 바다 품으니
망부석같은 등대하나
지는 해의 조연이 아름답다.

* 갈름 : 제주도에 부는 서풍

비양도 할망과 세자매

섬 안의 작은 섬
비양도 앞바다
들려오는 숨비 소리
평생을 물질하던
할망의 일터
푸른바다에서 건져 올린
세자매 사랑이었네

세월 흘러
효심 깊은 딸들
비양도 들어가는 날은
해녀 할망
처얼썩 처얼썩
노래하는 갯바위에 기대어
망부석인양 기다리는 母精(모정)

산굼부리

태초에 그랬다.
터져 나온 탐라의 용혈
끓어오른 용암
천지사방 흐르고
한라산 정수리
백록담 되어
하늘을 담을 적에,
동쪽으로
뜨겁게 흐르다가
숨 고르던 너른 언덕
마르는
지열 뿜어내지 못하고
잠들듯
깊숙히 패여
산굼부리 되었네.

애월 해변에서

파도 소리 곁들인
해변의 파노라마 아름다워
가던 길 멈춘다.

물질하는 해녀의 숨비소리
숨었던 낮달 불러내고
애월 낙조의 미소가 곱다.

휴애리 동백숲에서

하늘은 코발트빛
冬天(동천) 이라서
붉은 동백
선혈 토하듯
꽃잎 날리면
숲길
선홍빛으로 물들고
그림으로 담고 싶은
시간 속
내가 서 있다.

행복 나무

겨울 안개 짙은 언덕
새별오름에
화려한 추억 다 떨구고
혼자 선 행복 나무
어떤 이야기 있어
눈 내린 은빛 세상
사랑 품고 선 연인
아름다운 그림 그리는가?

제주의 봄

이른 봄
눈물처럼 떨어지는 붉은 동백
쉽사리 질 수 없어
기다리고 기다려
사월의 전설인 양 落花(낙화)하는
오름의 언저리에
증인처럼 서서
그려내는 핏빛 풍경
아! 넋이여
세월은 무심히 흐르지만
모질었던 역사의 진실은 살아
봄이 오는 오름에 서면
꽃그늘 아래 물드는 詩心
붉다!

함덕에서

푸른바다 옥빛은
구름 떠나보낸 하늘의 눈빛
어떤 이는
꽃길을 가고
지나간 것에
감사하는 날이 오듯
진심을 다해 가다 보면
속 깊은 바다처럼 푸른 가슴 되지 않겠나

서귀포가 그리워

시처럼
문득 문득
떠오르는 그림이 되어

그리워
남쪽하늘 바라기 하고
그리워
눈 감고 추억하고

저 구름
남쪽으로 흘러가면
서귀포 파도 소리 들리는 듯

삼별초 유적에서

삼별초의 횃불
천년을 밝힌
한라의 심장이라

항쟁의 불꽃 들고
오르던 붉은 오름
항파두리의 전설이여

높새바람 맞서
항몽의 깃발 들고
방풍림처럼 우뚝 선 하루방.

삼별초의 혼 되어
백록담 언덕에
전설이 되었어라.

제주 법정사

그 누가 잊겠는가?
1918년 10월 7일 높이 든 등불
연일스님 사자후로
법정사로 모여든 남녀노소
하늘에 격문 고하고
한마음으로 지르던 함성
잠들었던 한라산 깨워
물길 흐르듯 모인 700인
나라 잃은 조국의 아픔
오롯이 뜨거운 심장으로
만세운동 활화산이 되었다
몽고 침략에 저항하던 민족혼
항일의 횃불로 되살려
백록담은 봉화대 되어
방방곡곡 독립운동 불을 밝혔다
시간이 흐르고
촛불이 어둠을 밝히고 사라지듯
역사의 뒤안길로 사라진 법정사 뜨락
소슬한 바람 풀섶을 스쳐간다.

4월의 제주에서

애월읍 바닷가
아름다운 유채꽃밭
멀지 않은 과거로 가면
역사에 묻힌
슬픈 이야기가 있어요

어린아이는
운 좋게 살아
철없는 가슴에
흉터로 남은 意識
그리고

군도에 베여
핏빛 바다로 떨어지던
무고했던 부모와 이웃의
처절했던 절규가 상처로 남아
악몽처럼 깨어나면

잊을 수가 없는데
어째서
서슬 퍼런 친일파 살인귀는
저래 동상으로 남아
역사 앞에 낯 두껍게 섰는가?

4.3 제주 희생 영혼을 추모하며

풀뿌리는 밟을수록
질긴 삶 살고
영하의 고통은
세월이 지나면 잊을 수 있지만

지나가고 잊는 역사는
망령의 부활이라
위정자의 혀는
피의 얼룩 만들었고

백성을 망각한 망나니가
도륙한 상처
세월이 치유하여
다시 맞는 4월3일

우리가 해야 할 일은
민중항쟁 횃불 기억하여
잘못 세운 동상 따위
파사현정 망치로 심판해야 할 일이다.

상해 홍구공원에서

梅軒이라
겨울 뒷자락 매화 향기
다가올 봄은 독립이라

대장부의 꿈은 묶여
꽃은 졌지만
독립의 도화선 되어 순국했으니

백년 세월이 지나고
낙엽은 쓸쓸해도
하늘을 담은 호수 푸르더라

아! 폭탄을 가슴에 품은
결사의 의지
그 뜨거운 애국혼 어찌 잊으랴.

평론

"수행의 삶, 그리고 바람벽"

정병준 시집『길을 가다 시를 만나다』론

공영구 시인

"살 것인가, 아니면 죽을 것인가. 그것이 문제다"라고 외친 햄릿의 고민은 펜을 들고 백지 앞에 앉은 시인의 고민이기도 하다. 시를 써야겠다는 그 순간부터 시인은 햄릿처럼 고민을 안고 살아가게 된다. 꿈과 현실 사이에서, 집단과 개인 사이에서, 성자와 창녀 사이에서, 수다와 침묵 사이에서, 욕망과 해탈 사이에서, 감성과 지성 사이에서, 내용과 형식 사이에서, 관조와 참여 사이에서, 예술성과 대중성 사이에서, 무거움과 가벼움 사이에서, 시인은 정처 없이 흔들리면서 고민하는 자다. 그가 시인이다.

정병준 시인은 작가의 말에서 '어떤 형태의 시를 쓰던 흔들리지 않고 나를 돌아보고, 나만의 색으로 시 세상을 그려 나가는 삶을 시로 표현한다는 마음으로 시를 씁니다. 승려의 길을 가면서 시를 쓴다는 건 사치이며 번뇌

망상을 피우는 일이라고 같은 길을 가는 이들의 진심 어린 충고도 있었지만, 출가 이전부터 감성이 남다른 탓에 틈나는 대로 시를 쓰다보니 이렇게 등단하고 시집을 출간하고 문단 활동을 하는 시인이 되어 있네요'.라고 스스로의 겸손을 잘 드러내고 있다. 이는 어정쩡한 위치가 아닌 확고한 위치에서 갈등 요소를 적확히 해결하는 능력이 돋보이는 승려 작가임을 스스로 알리고 있다.

시는, 원론적으로 인간다운 삶, 보다 나은 삶에 대해 말하는 언어구조물이다.

이 언술은 두 가지 의미를 내포하고 있다. 그 하나는 시가 시인들의 전유물이 아니라 모든 사람들의 것이어야 한다는 것이다. 그리고 또 하나는 시를 음식, 의복, 공기처럼 말하고, 쓰고, 듣고, 읽는 언어활동을 하면 개인의 정체성이 분명해지고 의사소통도 원활해지고, 사회도 아름답게 가꿀 수 있다는 것이다.

시인은 위 두 가지를 몸에 밴 듯 제대로 실천하는 보기 드문 시인으로 항상 겸손하고 따뜻한 인품의 배려와 문학적 사고가 깊어 늘 가까이하고 싶은 시인이다.

『길을 가다 시를 만나다』시집의 시는 간단하고 명료하며 소박한 편이다. 복잡한 의미로 모호성을 꾀하지도 않고, 현란한 이미지로 장식적 언어를 만들지 않아 시인의 생각이 단순할 정도로 명확하게 독자들에게 전달된다. 하지만 거칠거나 생경하지도 않다. 시인의 담백한 언어는 부담없이 독자의 마음속에 파고드는 매력이 있다. 오래전부터 맺어온 두터운 인연으로 인해 해설 부탁을 조심스럽게 요청해 오기에 거절할 수 없는 인맥이라 기꺼이 수락하였다.

1. 긍정적 사고와 순수미

정병준의 시는 전체적으로 여유로움이 묻어난다. 이 여유로움은 승려로서 세상을 바라보는 긍정의 사고가 시에 나타나고 있다.

삶이 깊은 생각을 안고 있고 또 깊은 생각이 삶의 품으로 파고들 수 있어야 인간적인 삶이 가능해진다. 그래서 하루하루의 산사의 삶을 유심히 살펴보는 일도 기도만큼 중요하다. 절에서 생활하면서 수양을 한 보람과 인내의 마음이 합쳐져서 시에 대한 신뢰감이 한층 돋보이고 있다.

새벽 법당 가는 길
툭!
도토리 한 알,

고개 들어 보니

참나무 가지 사이

별 하나 밝게 웃고 있다

- 「툭!」 전문

맑은 마음, 순수한 마음 그리고 어린아이처럼 천진한 눈으로 세상을 바라보고 있으므로 도토리 한 알 떨어지는 것에 호기심을 가지고 하늘을 쳐다보니 웃는 별을 볼 수 있으니 얼마나 행복했을까? 아마 별처럼 밝게 웃었을 것이다. 법당 가는 길이 가볍고 흥겨워서 일이 술술 잘 풀렸을 것 같다. 이렇게 작은 일들이 하루를 즐겁게 하고 작은 사건이 시를 건지게 한다.

시 「정진」에서도 〈새벽 깨워 기도하는 염불삼매〉를 〈극락이 따로 없는 이때 이 시간〉으로 느끼고 있다. 이는 어떤 어려움이나 힘든 일도 긍정적 사고를 하면 극락에서 생활하는 것과 같다고 하니 얼마나 다행인가? 그런 사고를 하고 있으니 힘든 승려의 길을 즐겁게 걸어가고 있는지도 모른다.

生死(생사)가 다른데

어쩌다

같은 배를 타고 가니

인연으로

만났다가
헤어지는 연극이라
인연이 필연이 되었다가
다음 생 기약하는
離緣(이연)이 되네

- 「緣」 전문

매화봉 중천으로
구월 보름 낮달 떴다.
숲길은
그늘조차 붉어
가을바람의 속삭임
"아는가, 황혼빛 눈물 날리는 속내"
가을이 가면 겨울 오고
오는 이 갈 길, 멀지 않음을
허공에 춤추는 낙엽이 하는 말
"환생을 위한 귀향이다.

- 「가을 찬미」 전문

인연因緣이 離緣(이연)이 되고, 귀향歸鄕이 환생還生을
위한 것이다고 하는 것은 불교에 잘 나타나는 윤회사상

輪廻思想에 의한 만남과 헤어짐의 순환을 기초로 하고 있다. 즉 거자필반去者必返이란 말이 자연스럽게 생각난다. 이별의 아쉬움이나 떠나는 사람에 대한 서운함보다 다시 만날 수 있고 환생의 기쁨을 누릴 수 있기에 〈구월 보름 낮달〉, 〈가을바람의 속삭임〉 〈황혼 빛〉도 다 아름답게 보일 뿐이다. 얼마나 여유롭고 긍정적 사고인가? 작가의 흔들리지 않은 종교적 힘이 앞으로 더 좋은 시를 쓸 수 있는 풍부한 자산이라고 감히 말할 수 있다.

바람이 묻는 말,
누구와 가시는가?
바람이 묻는 말,
언제 가시는가?
바람이 묻는 말,
어디로 가시는가?
바람이 묻는 말,
무엇 하러 가시는가?
바람이 묻는 말,
어떻게 가시는가?
바람이 묻는 말,
왜 그 길을 가시는가?
바람이 묻는 말에
잊었던 길 보았다

  － 「길을 묻다」 전문

반복적 형식미을 잘 살리고 바람을 의인화시켜 우리가 물을 말을 바람이 대신 하게 한다.

비슷한 질문을 자꾸하면 짜증도 나고 거부감이 생길 것 같은 데도 꼬박꼬박 대답을 하다보니 잊었던 길을 찾았다고 했다. 이는 새로운 깨달음을 찾았다는 뜻이다. 긍정적 사고가 엄청난 깨달음으로 이어지고 있다는 것이다. 특히 요즘처럼 빨리빨리 하는 현실에 비춰보면 이해가 안 될 지 몰라도 육하원칙을 다 충족시키다 보면 반드시 좋은 결과가 나타난다는 의미로 해석해도 좋을 듯하다.

2. 수용 정신과 안분지족安分知足

정병준 시인의 특징은 자기에게 주어진 상황이나 사실에 대해 기꺼운 마음으로 수용하며 안분지족의 마음을 가지고 있다는 점이다. 보통 사람이 세상을 살아가면서 수용의 정신을 발휘한다는 것은 결코 쉬운 일이 아니다. 수용은 어쩌면 하나의 선택이고 허락인 셈이다. 사르트르의 실존적 입장에서 보면 선택과 수용은 하나의 큰 모험이 될 수 있다. 우리는 한순간도 선택을 하지 않을 수 없는 존재이지만, 그 선택에는 책임이 따르기 마련이고 그 책임에 대한 결과는 고스란히 본인이 져야 한다. 그런데 시인은 자기의 뚜렷한 주관으로 세상을 수용하는 자세를 당당히 취하고 있다, 이는 오랜 승려 생활로 인한 고된 수양과 인내 그리고 사랑이 몸에 배어있는 결과로 보인다.

> 나는 몰랐다.
> 히포크라테스 동상의 의미
> 병원 언덕길 오르면서
> 오고 가는 사람들 얼굴에서
> 저마다 가진 상처를 보았고
> 치유의 인연 찾아
> 그렇게 찾아든 병실에서
> 생의 희망 부여잡는 환자 되었다
> 그리고 알았다
> 91병동의 아름다운 천사들의 미소를
>
> — 「서울대병원 91병동에서」 전문

의사가 되기 위해서는 히포크라테스 선서를 반드시 지켜야 한다. 오늘날 의사 파업으로 정국이 시끄럽다. 양심적인 의사가 대부분이지만, 간혹 비양심적인 의사들도 종종 입방아에 오른다. 하물며 일반인들이야 어찌 히포크라테스의 동상의 의미를 알겠는가? 모르는 게 당연하다.

그러나 막상 환자가 되어 병원에 입원해 보면 오가는 이들이 다 환자이고, 빨리 치유하기 위해 동분서주하는 모습을 종종 본다. 종교에 귀의한 작가는 여기서도 생의 희망을 잡고 있다. 마음의 안정과 수용의 태도로 세상을 바라보니 모든 게 밝고 희망차게 보인다. 힘겹게 환자의 곁을 지키는 간호사들의 미소에서 아픔이 사라지고 고통이 덜어지고 삶의 의지가 살아나고 있다. 히포크라테스의 선서는 몰라도 진심이 전해지는 간호원들의 미소에서 희망이 생기고 생기가 생기고 병을 이기겠다는 용기가 생겨나는 것이다. 환자들은 이렇게 힘든 현실을 받아들이고 느긋하게 사는 것이 더 편안하고 건강한 삶이 아닐까. 어려운 현실을 희망의 기쁨으로 수용함으로 인해 마음의 평화를 얻을 수 있음을 당당하게 보여주고 있다.

낮에 내리는 눈은
무녀의 춤사위로
휘날리는 옷자락 같아서
설레임이라 하고

밤에 내리는 눈은
어둠으로 내려와
무한으로 쌓이는 정 같아서

그리움이라 하고

새벽부터 내리는 눈은
설레임도
그리움도
잊은 듯 무아지경이다

- 「눈雪은」 전문

눈은 언제 보아도 설레이고 반가운 존재이다. 물론 폭설이 내려 교통이 마비되거나 농작물에 많은 피해를 주는 경우는 예외이긴 하지만, 우리들 뇌리에는 발이 살짝 잠길 정도로 내려 발자국이 선명하게 나타나는 양의 눈을 연상한다. 온 천지가 하얀 신세계를 연상한다. 시인은 〈낮에 내리는 눈은/무녀의 춤사위로〉 설레이는 마음으로 보고 있다, 어디로 떨어지는지 어느 방향으로 날아가는지 헷갈려 내리는 눈송이들을 바라보는 시인의 마음에는 휘날리는 옷자락처럼 예측하기 어려운 순간을 설레임이라고 받아들인다.

〈밤에 내리는 눈은 /어둠으로 내려와/ 무한으로 쌓이는 정 같아서〉 그리움이라 한다.

평범한 사람들도 그리움에 몸서리치며 밤새 잠을 설치며 전전반측輾轉反側하는데 하물며 참선 수행한 화자야 말로 얼마나 그리움이 많을까, 앉으면 서고 싶고, 서면 눕고 싶고, 누우면 자고 싶은 것이 인간이다. 이처럼 한 단계씩 진보할 때마다 또 다른 그리움이 항상 따라다닌다.

눈이 쌓일 때마다 느껴지는 무한의 그리움을 우리가 감히 상상할 수 있을까.

〈새벽부터 내리는 눈은/설레임도/그리움도/잊은 듯 무아지경이다〉 여기에서 우리는 탈집착과 해탈의 경지를 맛볼 수 있다. 낮의 변화무상한 동적 현상과 밤의 조용한 정적 현상이 합쳐져서 새벽이 되자 해탈의 경지에 이른다는 지극히 상식적인 것 같지만 화자가 아니고는 아무나 느끼고 체험할 수 없는 수용과 안분의 마음이 있기에 가능하다고 본다.

지평선으로 떨어지는
태양의 속살이
아름다운 건
내일을 향해 가기 때문이고

몸뚱아리 태우는
모닥불의 춤사위가
아름다운 건
환생하는 인연인 까닭이라

시인의 가슴이

아픔으로 타오르면

그 불꽃으로

詩(시)가 탄생하나니

　　　　－「불꽃」 전문

그리움

망부석처럼 앉았는데

향기로 안아주면

계절 기다려

환생하는

진하지도

화려하지도 않은 군자의 香(향)으로

　　　　－「가을 국화」 부분

　태양의 아름다움은 내일이 있기 때문이고, 모닥불의 아름다움은 환생이 있기 때문이고, 시인의 아픔은 시의 탄생으로 본다. 태양 → 모닥불 → 불꽃으로 축소지향형이지만 이 얼마나 소박하고 단순한 표현인가? 1연에 나타난 지평선이나 태양처럼 너무 거창한 것에는 매력이 없고 추상적인 이미지만이 떠오른다. 그 중 하나가 내일이다. 내일은 우리들이 모두 기다리는 미래이자 희망이다. 힘든 삶을 살아가는 비정상인들의 눈에는 내일이 지옥같고, 죽음같이 느껴질 것이나 정병준 시인은 태양의 속살까지도 아름답게 느껴지고 보람된 하루하루를 살아가고 있음은 자기만족이 아니고는 설명할 방법이 없다.

2연의 모닥불은 자질구레한 소품을 태우거나 추위를 이기고자 할 때 주위의 잎나무나 검불을 모아 피우는 불이다, 빈약한 불이기 때문에 연기도 많고 꺼졌다가 다시 살아나기도 하여 아예 장작을 태워 화톳불을 만드는 경우도 있다. 활활 타는 불꽃이 인연의 환생으로 보는 것은 역시 윤회설에 바탕을 둔 작자의 수용 정신이다. 여기서 한용운 시인의 시「알 수 없어요」에 나오는 〈타고 남은 재가 다시 기름이 됩니다〉라는 싯구를 떠올리고 싶다.

3연에서 보이는 시인의 아픔이 불꽃으로 승화하여 결국 시로 마무리를 짓는다. 한 편의 시가 만들어지기까지는 너무나 많은 고통과 아픔, 그리고 선택의 기로에서 고민하고 또 고민하는 과정을 무수히 거친다. 이 시의 불꽃은 촛불이나 호롱불 정도로 우리들에게 친숙한 정서와 편안함이 묻어있는 밝음을 상징한다. 이 밝음이 한 편의 시가 되어 독자들에게 또 다른 세계로 인도하고, 순수한 정서를 바탕으로 세상을 아름답게 만들고 싶은 시인의 마음이 보인다.

「가을 국화」에서도 윤회설을 기반으로 한 환생이 나타
나고 있다. '그리움'을 향기로 안아주는 것은 베풂의 마
음이고 그 결과에 대해 연연하지 않는다. 그래서, 진하지
도 화려하지도 않은 국화 향을 마음껏 들이키고 감상하
다 보면 어느덧 가을이 성큼 다가오고 있음을 느낀다. 이
러한 마음가짐은 소인배가 아닌 대인의 통큰 마음에서
비롯되고 종교에 귀의한 승려들의 참선 결과로 빚어진
다.

어제는
먼 산에서 울고
오늘은
앞산에서 운다
봄꽃이 질 때
뻐꾸기 노래하면
아쉬운 듯
계절은 가고
어떤 인연 가고
어떤 인연은 오고.

- 「뻐꾸기 울면」 전문

봄과 뻐꾸기는 떼어 낼 수 없는 상관관계에 있다. 봄
날 고향 마을에 들어서면 가장 먼저 반기는 존재가 뻐꾸
기다. 누구는 뻐꾸기 소리를 듣고 놀랐다고 한다. '인제
오나 나쁜 놈아, 빈 손 들고, 고향 오나' 꼭 자기 보고 하
는 듯하여 잠시 어리둥절 했다는 얘기가 생각난다. 이처
럼 뻐꾸기 소리에는 자기 나름대로의 의미를 부여해도
재미있다. '어제'와 '오늘' 그리고 '먼 산'과 '앞산'의 대
조를 통해 어떤 사실이나 사물을 강조하려 한다. 뻐꾸기
에 대한 인상을 더욱 선명하게 하여 봄의 이미지를 부각
시키고 있다. 여기에서는 뻐꾸기에 대한 정취를 한결 두
드러지게 느끼고 과거의 일들도 함께 회상하는 추억의
매체이기도 하다. 그렇게 봄날은 흐르고 인연도 함께 사
라지고 또 생겨난다. 너무나 자연스러운 현상이고 흔한
경우이지만 시인이기 때문에 한순간도 놓치지 않고 자
기화하고 있다. 계절과 인연의 추상적 관계를 〈봄꽃 질
때〉로 구체화하여 봄의 이미지를 청각과 시각을 통해
잘 표현하고 있다.

3. 생생한 역사의 현장과 바람벽

앞에 쓴 작가의 말에 보면 '어떤 형태의 시를 쓰던 흔
들리지 않고 나를 돌아보고, 나만의 색으로 시 세상을

그려 나가는 삶을 시로 표현한다는 마음으로 시를 씁니다'라고 했다.

일반적인 여행시라면, 항상 찾게 되는 여행지의 노을이 지는 어느 곳, 애잔하게 물러간 썰물 뒤의 붉은 물결, 배낭을 두른 나그네 그림자의 길어지는 흙빛 사막, 하루를 짊어지고 사라지는 노을 앞의 모든 생명과 사물의 깊은 침묵을 점으로 남긴다. 어김없이 수천억 년을 하루같이 뜨고 지는 해 앞에 가벼이 황홀해지지 않기를, 서쪽으로 매일 밀려오는 노을만큼 무심히 길을 잃고 쓴다.

정병준 시인이 쓴 여행시를 읽으면 많은 생각을 하게 한다. 보이는 것은 보이지 않는 것과 닿아 있고 지나간 것은 다가올 것들을 예감하는 형식으로 예지자의 눈을 가졌다. 이것은 바로 생생한 현장감을 느끼게 하는 작가만의 비밀이자 일관된 원리이다. 특히 여행시에서는 상상력의 지향이 역사 인식과 맥을 같이 하면서 대담하게 확장되고 있다. 자질구레한 서정보다는 굵직한 매듭으로 이어지는 서사적 현실에 초점을 둔 것이 흥미롭다.

풀뿌리는 밟을수록
질긴 삶 살고
영하의 고통은
세월 지나면 잊을 수 있지만
지나가고 잊는 역사는

망령의 부활이라

위정자의 혀는

피의 얼룩 만들었고

백성을 망각한 망나니가

도륙한 상처

세월이 치유하여

다시 맞는 4월 3일

우리가 해야 할 일은

민중항쟁 횃불 기억하여

잘못 세운 동상 따위

파사현정 망치로 심판해야 할 일이다

− 「4.3 제주 희생 영혼을 추모하며」 전문

제주 4.3 사건은 냉전 이데올르기와 남북 대치 상황이 가져온 끔찍한 역사의 비극이다. 아직까지 완전한 역사적 진실이 규명되지 않아서 다툼의 여지는 있겠지만 선량한 시민들이 토벌대에 의해 죽었다는 것만은 부정할 수 없는 상황이다. 이런 역사적 사실을 누가 감히 잊을 수 있을까? 민초들의 끈질긴 삶과 위정자(백성을 망각한 망나니) 혀를 대비시키고 있다. 끊임없이 이어지는 민중의 역사와 순간적인 권력의 힘을 잘 대비하였을 뿐 아니라, 현재 살아있는 우리들이 해야 할 일까지도 인식시키고 있다. (민중항쟁 횃불 기억하여/잘못 세운 동상 따위/파사현정 망치로 심판해야 할 일이다) 이런 시구는 너무 직설적인 표현일 수 있지만, 서정성보다는 그래도 교훈적인 내용이 있는 목적시에 가깝다고 보아야 할 것이다. (영하의 고통은/ 세월이 지나면 잊을 수 있지만)과 같이 개인의 아픔이나 시련은 잊혀지지만 (지나가고 잊는 역사는/망령의 부활이라) 민족의 아픔이나 고통은 계속 이어진다고 했다 여기에서 작가의 역사 인식이 시 속에 함께 나타나고 있다.

아름다운 블타바강 언덕
사라진 왕조의 프라하성은
화려한 조명에 빛나고
보헤미아 왕국의 영웅담은
박물관에 전시되어
체코 청년들의 꿈이 되고
자유를 외치며
몸 불사르고------(을)생략
탱크앞에 쓰러진 청년의 꿈,
바츨라프광장 횃불로 메워
벨벳혁명의 도화선으로
프라하의 봄을 맞았으리라
역마살 도져

체코의 옛 성이 생각나고
언덕에
사월의 꽃이 피면
다시 찾아오리라
프라하의 봄으로

- 「프라하의 봄」 전문

(보헤미아 왕국의 영웅담은) (체코 청년들의 꿈이 되고) (몸을 불사르고/탱크앞에 쓰러진 청년의 꿈)으로 연결된다. 그 결과(벨벳혁명의 도화선으로/프라하의 봄을 맞았으리라)를 예측한다.

우리 나라도 4월에 4.19 혁명이 있었던 것처럼 체코에도 벨벳 혁명이 일어나서 자유를 되찾은 역사가 있다, 이는 곧 봄으로 이어지고 봄은 평화로운 자유의 세계를 연상하는 연상 수법이 돋보이고 있다. 작가가 갖고 있는 본래의 바람벽이 이때가 되면 또 도지나 보다. 어느 나라나 다 불행한 역사가 있지만 이를 계기로 보다 나은 생활이 영유된다면, 그 당시 희생한 사람들을 위해 더욱 치열한 삶을 살아야 한다. 과거의 찬란한 역사만 믿고 현실에 만족한다면 머지 않아 패망의 길을 걷는다. 우리 나라도 조상의 은덕만 믿고 게으름 피우다가 망한 사례가 도처에 있다. 세월이 변하여 바츨라프 광장을 메우던

횃불이 광화문 광장의 촛불로 피어난 듯하여 격세지감
隔世之感을 느낀다.

구름이 되었다가
집시도 되었다가
백발의 알프스 바라보며
만년설 녹아 흐르는
도나우강 강변에서 듣는
잊혀가는 전설
한때는
말발굽 소리 요란했던
영웅들의 야망,
쓰러져간 영혼들
주인 없는 옛 성을 지키는가?
홀로 펄럭이는 낡은 깃발
강을
거슬러 오르는
꿈같은 길
찬란했던 왕조의 흔적
언덕마다 그림처럼 남아
나그네 맞이하네

– 「집시 되어(헝가리 부다페스트에서)」 전문

주인 없는 빈집도 몇 년 동안 방치하면 아주 못 쓰게 된다. 하물며 주인 없는 옛 성이야 오죽하랴. 그래도 역사의 혼이 남아있는 이곳을 나라나 지방 단체에서 관리하고 있을 것이다. 옛날 국민들이 북적대고 국운이 번창한 시절에 비할 수 있으랴. 그저 다수의 관광객이 오고 갈 뿐 더 이상도 더 이하도 아닌 지금의 상태가 잘 알려져 있다.

(구름 – 집시)는 떠돌아다닌다는 동질성에 입각한 은유적 표현이고, (만년설 – 도나우강물 – 전설)은 눈이 녹아 강물이 되고 강줄기는 긴 역사처럼 많은 사실과 전설을 내포하고 천천히 흘러내린다. 그 강물은 (영웅들의 야망 – 쓰러진 영혼 – 주인 없는 깃발 – 낡은 깃발 – 찬란했던 왕조의 흔적) 역사로 이어진다. 야망을 지닌 영웅들이 있었기에 찬란한 왕조가 유지되었고 그들의 죽음으로 쇠퇴를 맞이하고 그 흔적이 깃발로 남아 옛 명성을 유지하고 있는 사실을 제대로 보여주고 있다. (언덕마다 그림처럼 남아/나그네 맞이하네)에서 커다란 한 왕조의 흥망이 여기저기에서 볼 수 있고 느낄 수 있음을 그림처럼 남아있다고 표현하여, 부다페스트 시가의 모습들을 대강 그려볼 수 있는 이미지 수법을 끌고 와서 신선하다. 이런 모습에 끌려 또 다시 찾아가고 친숙하게 되나 보다.

들리는가?

사원의 긴 회랑에서 스며 나와

득달같이 달려드는 소리 없는 신음

무너진 유물이야

세월 속에 묻히지만

뜨고 지는 태양은 변함없으니

흘러간 시간이여

되돌릴 수 없는 꿈의 자취

어디에다 묻었는가?

사자여

잘린 모가지 어디 두고

전설 출렁이는 호수 향해 망부석 되었나?

애달프다.

영광의 시절

정녕 돌릴 수 없단 말인가?

- 「유적 (앙코르 왓)」 전문

처음부터 의문법으로 시작한 도치법이다. 그뿐 아니라, 역설법(소리 없는 신음 소리)을 포함한 변화법의 진수를 보이고 있다. 특히 의문법을 많이 사용하여 (들리는가?/ 묻었는가?/되었나?/정녕 돌릴 수 없단 말인가?) 독자들에게 대답할 수 있는 시간과 정답을 찾을 수 있도

록 생각을 하게 한다. 화자가 직접 직설로 할 수도 있지만 이처럼 독자로 하여금 지난날을 회상하고 전설을 되짚고 꿈의 자취를 찾아 세월 속에 묻힌 유물의 영광을 그리워하고 있다.

'애달프다'라는 한 단어로 표현하기에는 너무나 많은 사상과 감정, 그리고 문화와 예술의 진수가 남아있어서 아쉬움이 절로 묻어나고 있다.

찬란한 문화의 꽃을 피웠던 고대 앙코르 왓 신전에도 붉은 노을이 지고 아침의 태양이 솟아 오르는 자연의 섭리를 거스를 수 없다.

여명보다
황혼이 아름다운 한림항
물빛 고운 뚝방 길
해풍 버티고 서서
깜박 깜박
기다리는 하얀 등대
불 밝혀 수평선 넘나드는
새벽이 되면
만선의 깃발 돌아오고
지친 어선
심장같은 불빛으로 품는
등대의 *戀書*(연서)

- 「한림항 등대」 전문

일상의 여행시라면 시 전체에 퍼져 있는 물의 향기, 바람의 향기, 햇살의 향기, 하늘의 향기가 느껴진다. 가끔 새들의 울음소리와 솔숲 바람의 울음소리, 파도의 울음소리도 들린다. 보지 않아도 어느 곳에 바위가 있고, 어느 곳에 바람이 일어 나뭇잎끼리 서로 흐느끼는지 알 수 있고, 또한 잘 정리된 여백을 품은 풍경이 다가온다.

「한림항 등대」에서는 시각적 이미지의 단어(여명, 황혼, 물빛, 하얀 등대, 불, 깃발, 심장)가 돋보이고, 역동적 이미지(버티고 서서, 넘나드는, 돌아오고, 지친, 품는)가 맛을 내고 있어서 가만히 앉아서도 한림항의 등대 모습이 눈에 선하다. 한편 황혼에서 새벽까지의 시간적 여백과 지평선에서 등대까지의 공간적 거리감은 잘 정리된 여백의 미를 나타내고 있다. 앞에 서술한 시가 서사적 내용의 시라면 이 「한림항 등대」는 서정성이 잔뜩 묻어나는 여행시의 진수라고 보아도 좋을 것이다

정병준 명산 효종스님의 시는, 표현 기교보다 생활 현장의 맥박과 호흡 읽기에 의지하고 있다. 그렇기 때문에 그의 시에는 켜켜이 퇴적된 세월의 연륜이 묻어난다. 젊은 시인들의 시처럼 날카롭지는 못하나 곡진한 삶의 깊이와 무게 등이 삶의 의미를 전해준다. 일상의 민낯을 전혀 꾸밈없는 언어로 엮어내는 풍경이어서 매우 진솔하게 다가온다. 행간에 흐르는 그리움과 사랑, 연민과

회한, 인간존재의 실존과 탐구 그리고 불교 현장에서 드러난 애틋함이 나름대로 진정성을 획득하고 있다.

시에 관한 한 누가 시의 대가라 자칭할 수 있을까? 현재 도달한 지평에서 또 다른 지평을 열어갈 수 있는 저력을 지닌 시인의 노력과 땀의 가치를 이 시집에서 보았다.